字遊世界

亮孩 著

作者簡介

亮孩。大多時候是新竹人，長不大也不想長大。

喜歡玩、愛亂寫，關心社會也關心晚餐要吃什麼，愛護地球更愛護身邊的人。拚命思考、捍衛善良，努力實踐「勇敢是一種選擇」的生命態度。

三本詩集《詩控城市》、《詩控餐桌》、《詩控動物園》榮獲「好書大家讀年度最佳少年兒童讀物獎」、「文化部中小學生讀物選介」、「臺北市立動物園好書評選優良讀物」等推薦，並佔據排行榜冠軍一個月；另著有小品文集《下一場貓雨》，讓世界一起下一場動人的雨。

推薦序

詩的另一種表情

林世仁／兒童文學作家

很高興看到這樣一本「表情爆炸」的詩集！

其中，閃耀著孩子的詩藝，也閃亮著孩子的心。

圖象詩是詩中最有「遊戲精神」、最有「手作感」的類型，也是「詩的另一種表情」。看著書中一首首表情各異的作品，我彷彿摸觸到孩子在紙上調動字句、拼組圖象的手感。在這些「動起來」的詩句裡，有些孩子單純享受著圖象詩的「形式趣味」，灑字成兵，開心玩耍。有些則充滿巧思，借力使力，在圖象詩的形式上彈跳出自己的心聲。

亮語文創出版的詩集，向來不以兒童自限，而以詩為標的，突破了傳統兒童詩的框限。混齡的組合，也展現出新時代的孩子詩藝。這些九到十五歲的孩子創作，既有兒童詩的想像趣味，又有少年詩的現實喟嘆，讓人滿心都被觸動！

林世仁

詩玩字／字玩圖／圖玩心

林煥彰／兒童文學作家

有趣，好玩，有創意……51首童詩，51幅字畫；純真有趣。詩可以「玩」：玩文字，玩心情，玩創意。六十多年來，我寫詩也養成了一種「遊戲觀」：玩文字，玩心情，最終目的，就是玩創意。詩是善良的語言，它呈現的是，屬於心靈、智慧的結晶。

這本圖象詩集，從書名字義來看，已經明確可以讓人感受到它的意義和目的；從文字的諧音「字遊」，就可憑讀者各自感受和領會獲得不同的解讀；這就是讀詩的最大好處。再說，「圖象詩」以文字排列、呈現獨立的圖象，是詩的一種另類的形式。自然，它就具備了創新的意義。

詩，文學藝術，本都屬於獨特創新的心靈書寫，十分珍貴；詩的創新，不只是形式的創新，文字本身的活化運用，永遠值得我們永世無止境的探索。

詩心與慧心並織，文字與圖象共振

謝鴻文／兒童文學作家

圖象詩完成有其難度，既要具備詩質，又要對空間邏輯構造十分清晰，才能表現出適切又符合詩意的圖象，巧妙而不造作，需要詩心與慧心並織。翻讀《字遊世界》，便是這般能欣賞到文字和圖象共振和鳴的歷程。

這本圖象詩集，有許多令人會心一笑的童趣，更不乏令人心疼的心聲表達，比方〈霸凌〉那一首，圖像最左斜斜一行「只留下一躍而下的決定」，直讓人驚心與難過，事件與視覺的震撼衝擊，讓詩控訴霸凌者的力量巨大無比！

書中每一首詩皆可讀可觀，引發我們省思詩的意涵，在詩情和畫意之間，更捕捉到孩子生命情感的附著處，以及感受他們自由於文字中「字遊」的創作才華。換言之，我們不僅可以跟隨孩子的眼光視野看世界，也可以看見孩子真實澄澈的心靈反映。

謝鴻文

目次

毛線球

啊！救命！一隻貓咪追著我，層層外衣被扒落，牠還不願放過我，叫聲連連逼著我，壓著在地板打滾，我的生命漸漸地，走向絕望的深淵……

——陳顗聿 11歲

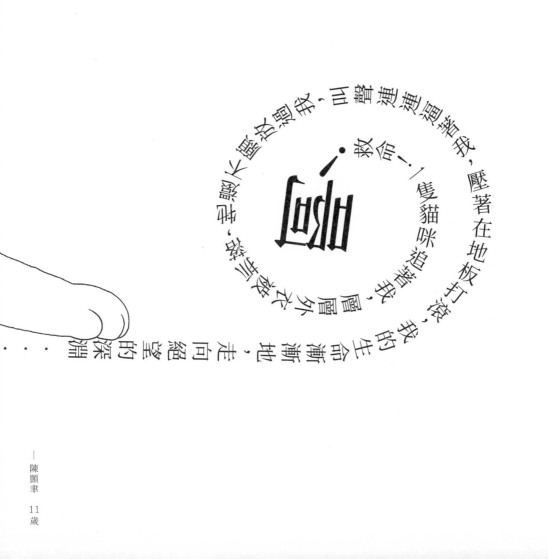

飆車

車

車

車

車

車車

——楊軒名 12歲

倒數計時

—洪珮瑜 12歲

失去

月亮踩著晚霞，來了
海面鋪出一條蒼白的月光路
湛藍的水面映著
男孩，一臉燦笑
堆起了
一座堅固
沙堡
被岸邊一波
又一
波的浪沖散
又堆
了一座更
堅固的
仍舊是被強
勁的
浪給捲走了
男孩昂首，望去
晶瑩碎鑽翻湧著
他撥去海上籠罩的層層面紗
走入那漫漫的迷離路

—呂翊帆 13歲

傀
儡

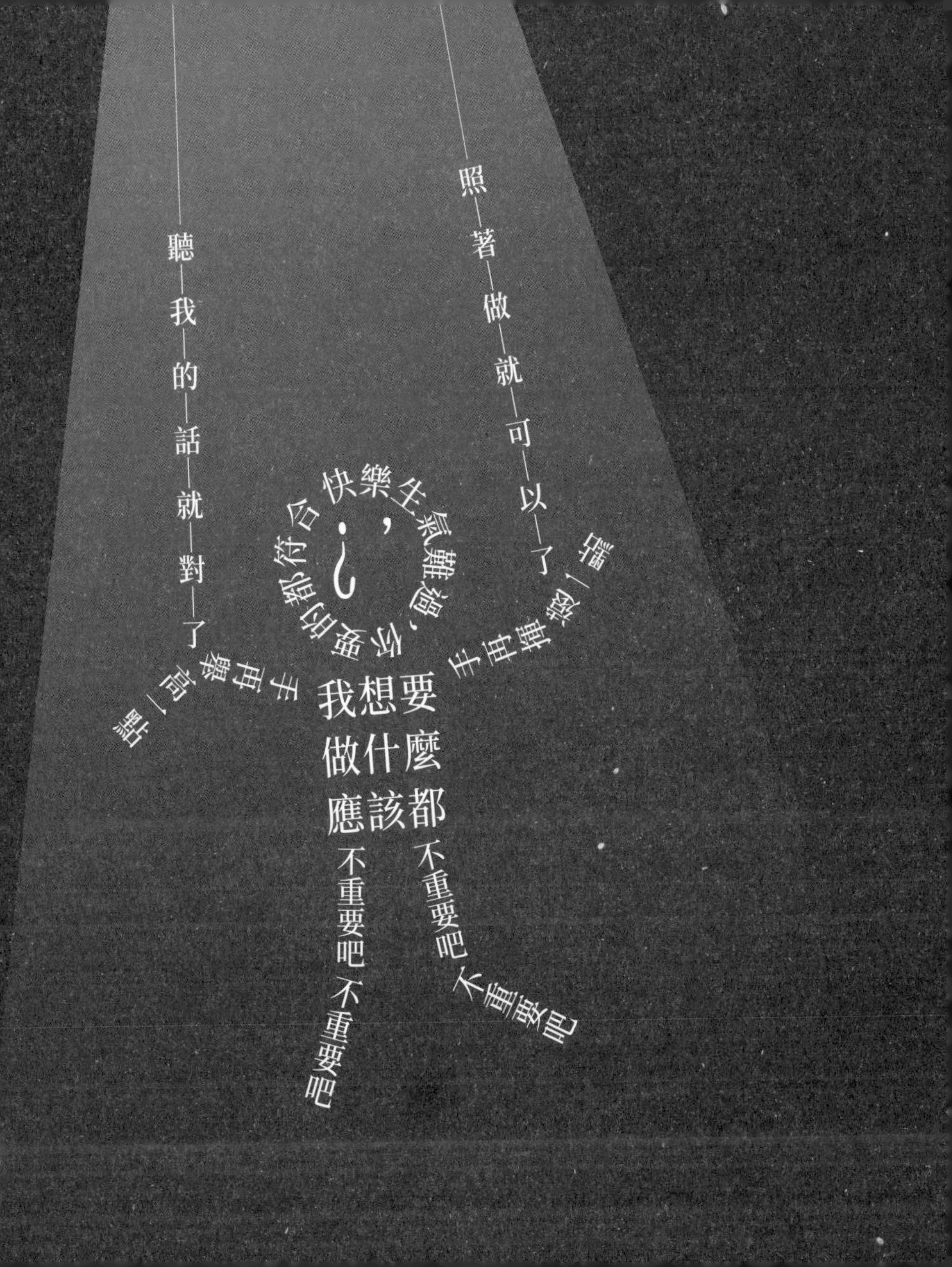

聽我的話就對了
照著做就可以了
快樂生氣難過，你要的都符合
手再舉高一點
手再舉高一點
我想要做什麼應該都不重要吧
不重要吧不重要吧
不重要吧不重要吧

—王玧 12歲

淚

一點　向下　完成　使命　滴答

一點　只為　悲傷　滴答

—李卅　13歲

一波一波的海浪

海浪輕輕
拍打著女孩的腳
她說……真癢呀！

海浪捲起
一層又一層的浪花
魚兒說……真舒服呀！

海水翻起了
巨大的海嘯
大家大叫……
快逃！！
快！逃啊！

——李祐禎　12歲

再
見

迷迭香盛開的夜
白鴿，展開羽翼
沐著月光
領著男孩的風箏，飛去

即使
男孩最終
仍然沒有找到
風箏，沒有
找到
那
片
回
憶

他依舊喃喃
細語著
思念的名

——蔡昀希 13歲

霸凌

肥豬滾啦
笨蛋
去死白痴

終於，他決定
送走臉上
的笑容
送走心裡的疼痛，
只留下一躍而下的決定

—謝佾芳 11歲

晚年

彩葉片片
衣裳褪色
離了枝頭
與群體分散
逐漸與世隔絕
失去自我

—楊祐綸 12歲

下雪了

白貓輕輕地，
悄悄地，
躍過樹稍，踏步在屋簷上
一揮掌
白色紛紛落下——
下雪了

—杜昕嫒 12歲

棒棒糖

好棒！會叫爸媽了！好棒！開始會爬了！

會自己吃飯了！好棒！你會站了！好棒！

棒！

這只屬於童年

——吳香宜 12歲

丟了什麼

隨地亂丟

臉　　　　　臉
臉　　臉臉臉臉臉臉
臉臉臉　臉　　　臉
臉　　臉　　　臉
臉　　臉　　臉
臉　　臉　臉
臉臉臉　臉臉臉臉臉臉

臉　　臉臉臉臉臉
臉　　臉　　　臉
臉臉臉　臉　　臉
臉　　臉臉臉臉臉
臉　　臉　　臉
臉　　臉　臉　臉
臉　　臉　臉　臉
臉臉臉　臉　臉　臉
臉　臉　臉
臉　臉　臉

——范綱晏
15歲

淚光

絕望的哀號化為一顆星，劃過天空

墜落

醫院裡

——李之妍　11歲

一分鐘的甜美

喝一口，好方便，甜美的一分鐘，真方便

吸管杯子，用完就丟，實在方便

杯蓋杯套，用完就丟，有夠方便

便方便方便

——朱彥臻 11歲

孤軍奮戰

單單單單單單單單單

戈戈戈戈戈戈戈戈戈

戰戰戰戰戰戰戰戰戰

戰戰單戈戈戈單戰戰

戈 戈 戈 戈

單 戈 戈

戈 戈 戈

—吳宥杰 10歲

仙

—童翌青 11歲

鯨落

孤獨的聲音
自己聽見就好

當星星
落入凡間
銀河注入海面
一聲低咽化作悲歌
一漲一退捲落紅塵
讓靈魂不斷下沉、
下沉、再下沉……
安靜如水、來者不拒
任由自身被汲取享用
海做棺殮，化身甜點
任深藏心裡的鮮紅
化作你嘴裡的腥甜
遺愛後墜入深淵
知道再奮力展翅
也無法高飛
一呼一吸
化作水
的瀲灩
最終
在心裡
擱淺

最終擁抱海
深深沉眠

—莊品絜 11歲

爽

—王玧 12歲

烤蕉

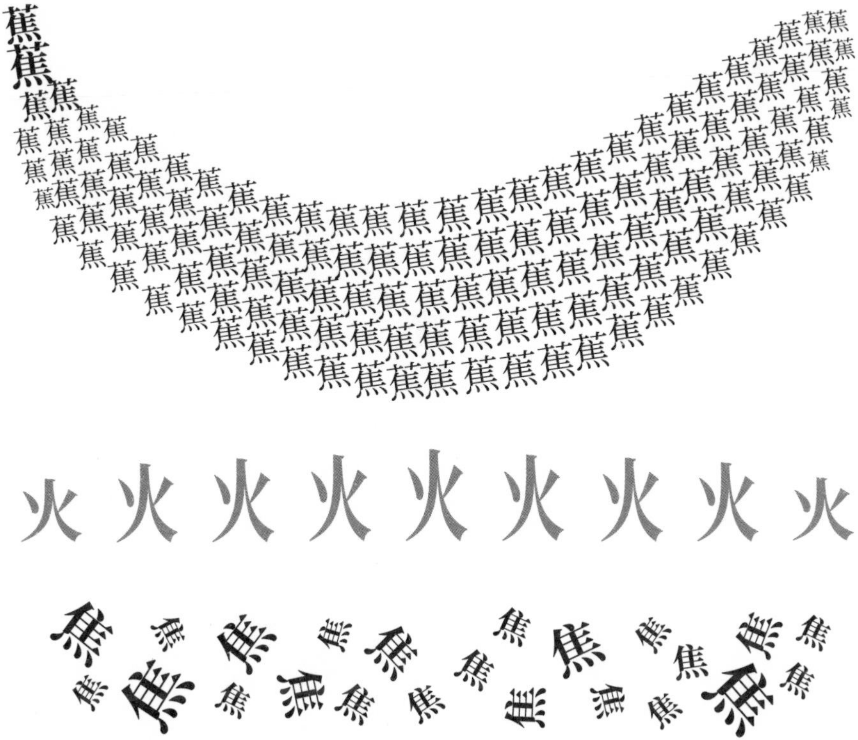

—王亭皓 12歲

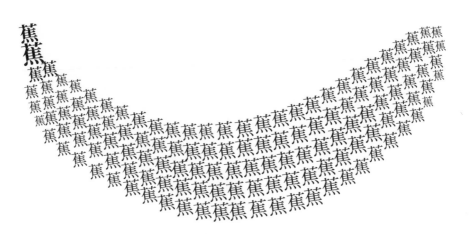

驚蟄

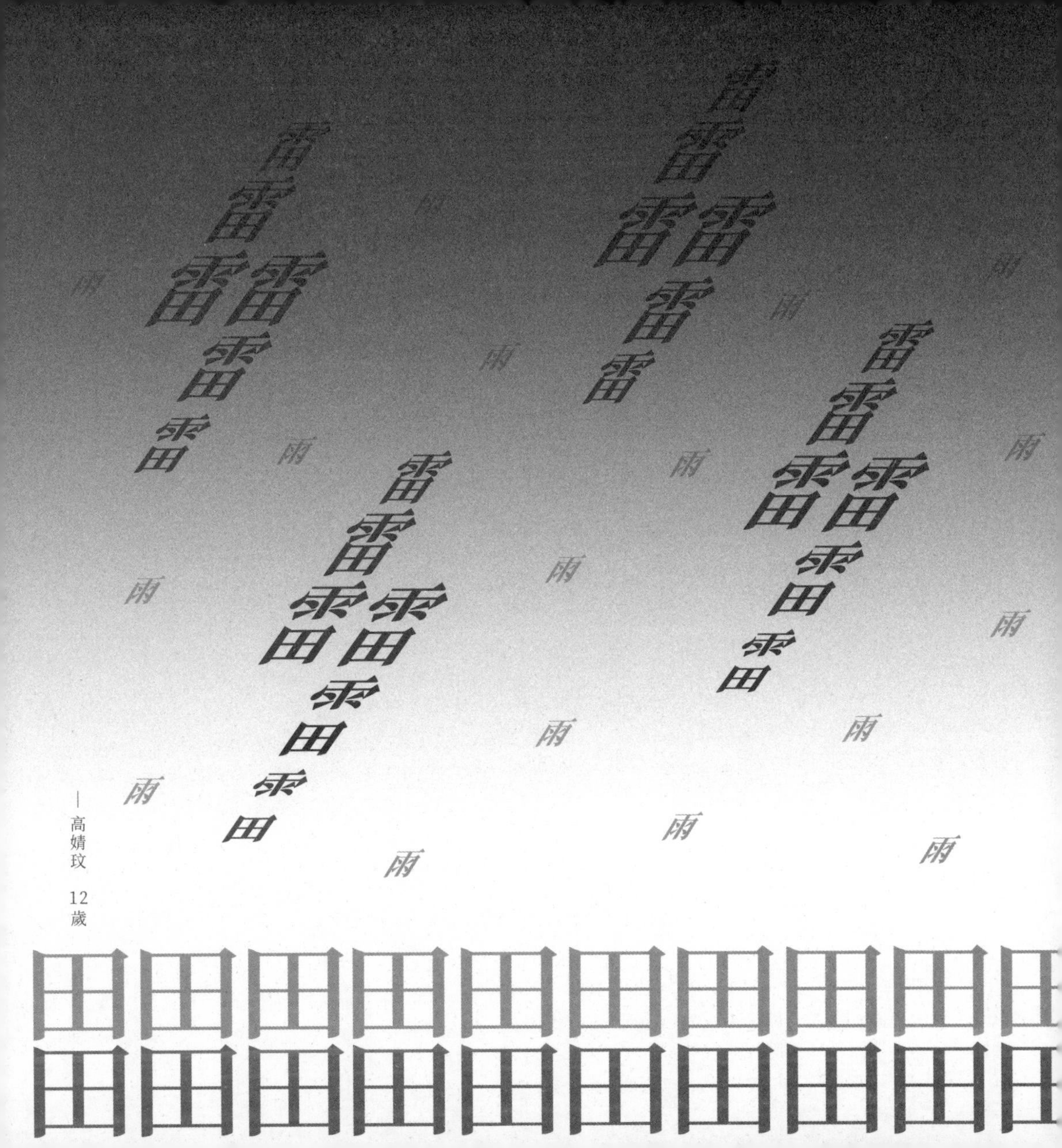

—高婧玟 12歲

别
吵

嗡

嗡

嗡

嗡

嗡

嗡

嗡
嗡
啪！
嗡
啪！
嗡
嗡
嗡
嗡
嗡
啪！
嗡
嗡
嗡
嗡
嗡
嗡
嗡
嗡
嗡
啪！
嗡
嗡
啪！
嗡
嗡

—黃可媗 12歲

罪犯落網

—劉子于　9歲

車禍

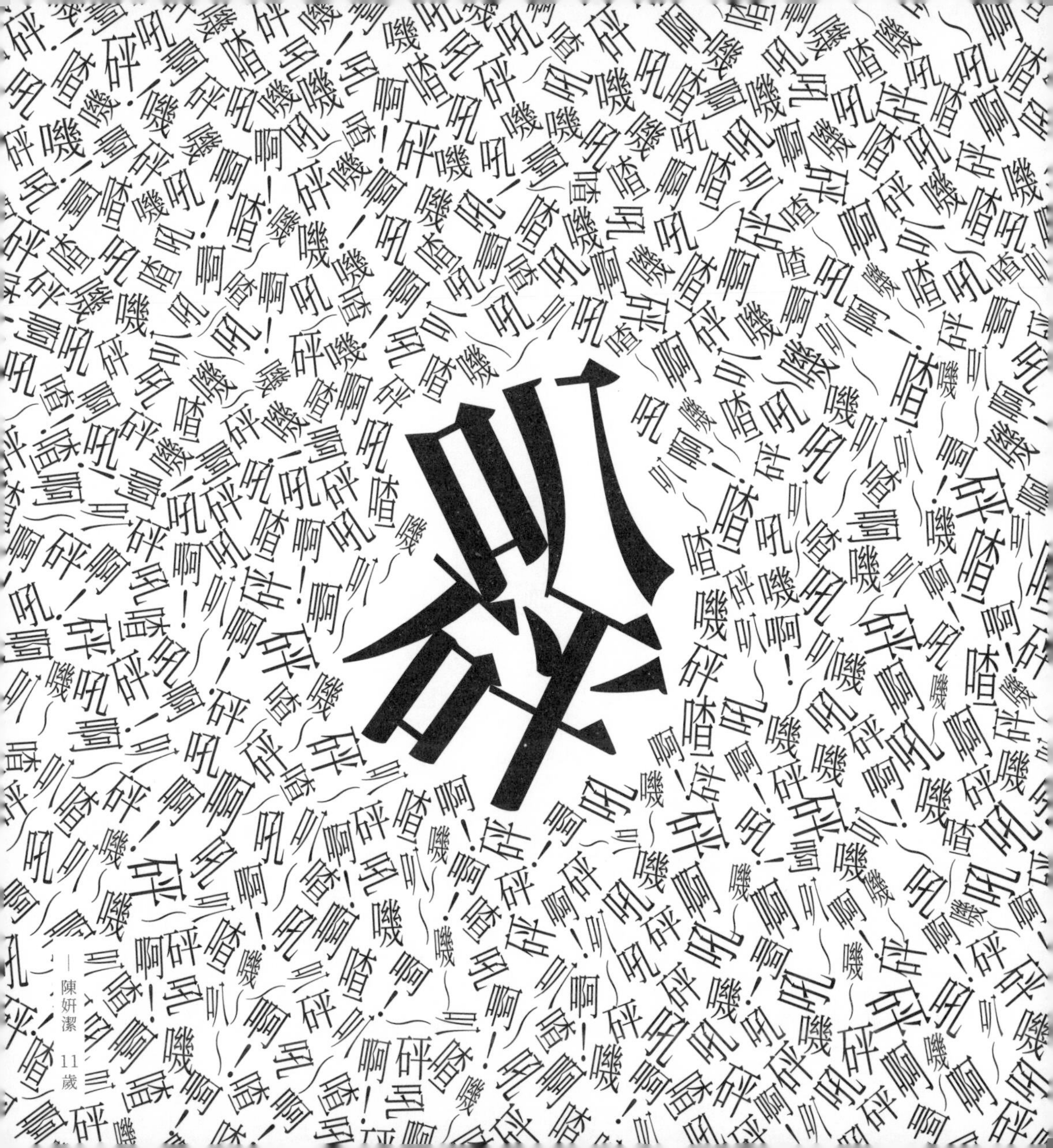

—— 陳妍潔 11歲

食物鏈

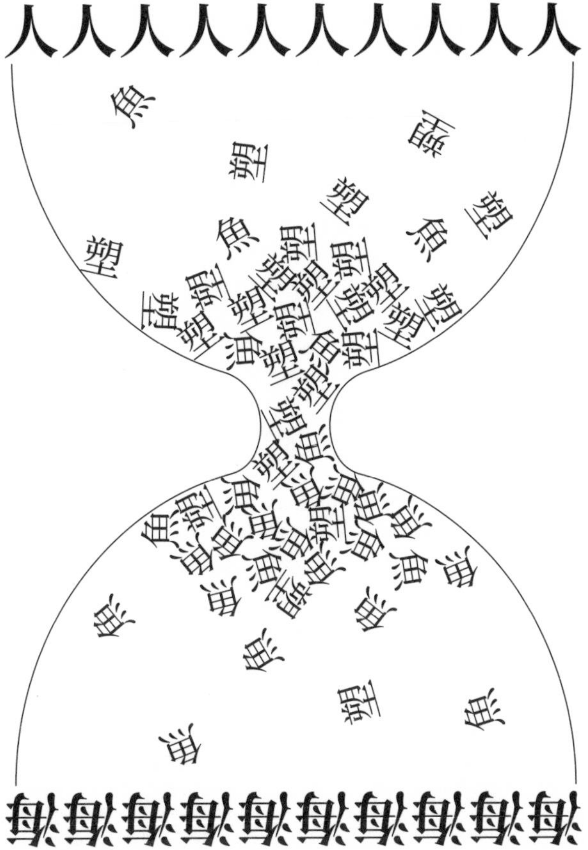

—莊品絜 11歲

足
球

卻只換來守門員，一記無情的阻擋

他卻無情踢走我。我飛向球門、奔向球網，想換取一陣歡呼

我熱情地撲向他

——范瑀芯 12歲

字遊世界

亮孩 著

作者簡介

亮孩。大多時候是新竹人，長不大也不想長大。

喜歡玩、愛亂寫，關心社會也關心晚餐要吃什麼，愛護地球更愛護身邊的人。拚命思考、捍衛善良，努力實踐「勇敢是一種選擇」的生命態度。

三本詩集《詩控城市》、《詩控餐桌》、《詩控動物園》榮獲「好書大家讀年度最佳少年兒童讀物獎」、「文化部中小學生讀物選介」、「臺北市立動物園好書評選優良讀物」等推薦，並佔據排行榜冠軍一個月；另著有小品文集《下一場貓雨》，讓世界一起下一場動人的雨。

編者序

不一樣的兒童文學

陳品誼／亮語文創總編輯

當詩圖象化，便創造了具象的視覺衝擊；當圖象化為詩句，便開啟了抽象的空間維度。如果，再注入一劑童心？那便是一番嶄新的天地。

於是，一群九至十五歲的孩子，凝視字的型態、傾聽字的聲音，大膽發揮創意，寫下了五十一首圖象詩，打造了這本《字遊世界》。

感謝林世仁老師開創了圖象童詩的天空，願這本書能再添上幾筆色彩。書裡的每一篇作品都有趣味、有哲理，請跟著文字遊覽這五十一個世界，盡情享受你專屬的自由。

陳品誼

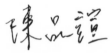

目次

YouTuber

變聲器，一個一個新頻道

變臉器

按讚訂閱加分享

記得開啟小鈴鐺

上山下海，吃喝玩樂，遊戲生活，來者不拒，通通都做。造假也好，玩命也罷，只求給我，流量密碼，百萬點閱！

我到底是誰啊

— 黃上恩　12 歲

12—13

淘金夢

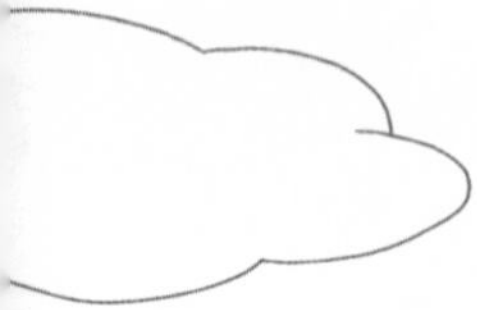

低門檻
包吃包住，月領高薪
包機票來回，賺大錢不是夢想
無經驗可

— 余武洲　12歲

Skateboard

時而 快速暢行 時而平穩滑行
我要的路 由我掌控
自 由

— 李柏澈　11 歲

笑一個

一二三
要拍囉
！
快不快樂？笑就對了

— 余武洲　12 歲

雨傘

滴
滴答
滴滴答
一朵一朵的
小花漸漸綻開
嘩啦嘩啦、小花
漸漸綻放、劈哩啪啦
一朵又一朵的花兒盛開
變成了一片美麗的花海

— 許書毓　11 歲

學生的命運

又來了！又要被罵了！好煩喔！又要考試了！真倒楣！又被罵了！

尊　　敬

謝謝老師的教導！

— 傅崇恩　12 歲

努力工作

奴奴奴奴奴奴奴
　　　奴
　　　奴
　　　奴
　　　奴
　　　奴
　　　奴
奴奴奴奴奴奴奴奴奴

　　　力　　　力
　　力　　　力
　力　　　力　力力力力力
力　力　力　力
力　力　力　力力力力
　　力　　　力
　　力　　　力力力力
　　力　　　力
　　力　　　力
　　力　　　力

— 侯皇羽　12歲

家

我說
壓力怎麼可能
來自家呢?這麼做
不都是為了你好?要不是
因為愛~~成績~~你,
我怎麼會要求你
你說,是不是?
回答我呀!是。

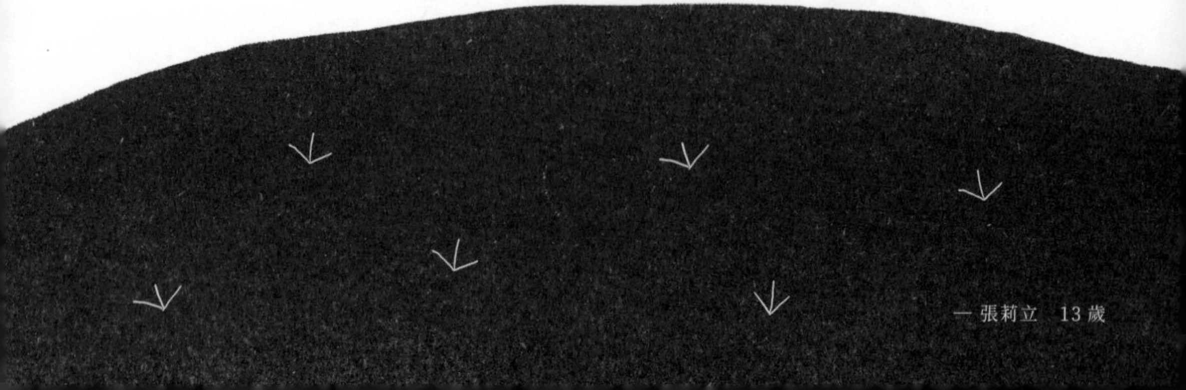

— 張莉立　13歲

床

早
上
看著你的背影，為你編織一絲一絲的夢境
晚上，大膽去做夢吧！還有我陪在你身旁
幻　　　　　　　　　　　　　　　　　　現
想　　　　　　　　　　　　　　　　　　實

— 林家寬　13 歲

不相信

是你丟的嗎？
不！不是我！

是你丟的嗎？

不！不是我！

是你丟的嗎？

不，不知道。

是你丟的嗎？

嗯。

— 何傳一　11 歲

I

頂天

我

最

強

立地

— 王崧羽　11 歲

愛

櫃櫃櫃櫃櫃櫃櫃櫃櫃櫃櫃櫃
櫃　櫃
櫃　我怕　櫃
櫃　鄙夷的眼光　櫃
櫃　大家不諒解　櫃
櫃　櫃
櫃　我也怕說出口　櫃
櫃　會招來麻煩　櫃
櫃　櫃
櫃　我最怕　櫃
櫃　你會　嫌棄　櫃
櫃櫃櫃櫃櫃櫃櫃櫃櫃櫃櫃櫃

— 陳昕筠　11歲

秤

法官的好幫手

一邊是
事實
的真相

衡量世界的公平

一邊是
金錢
的誘惑

卻迷失了方向

— 賴雨琪　10 歲

童年

或許，每個人的衣櫃，都有一件捨不得丟的衣服，可能早已破舊不堪，可能早已不見蹤影，但回憶永遠長存我們的心中。

打翻的湯汁

受傷的血跡

不知道哪來的汙痕

跌倒的泥巴印

朋友請的果汁

— 蕭詠恩　13 歲

糖果屋

啊！
要出門了！
路上有好多房子
大家的房子顏色好鮮豔
黑色的是焦糖雪糕
藍色的是藍莓軟糖
黃色的是果汁牛奶
紅色的是草莓果凍
綠色的是抹茶蛋糕
看了這麼多，還是
我家的
房子最棒了
好想趕快回家！
回到最溫暖甜蜜的家

— 楊喬羽　9 歲

口是心非

愛真好你好棒漂

最　哈哈哈！　好～爛～喔　亮

噁心　醜

我　好

啦　不要　白痴　讚

係　走開　笨！　喔

關沒了好太

— 杜昕嬡　12 歲

好想下課

看書、打球、跑步
都
好
玩，有
但　事
是　　故
每
一
次
都

上
課
大聲說話聊天
不能
下課
被老師罵罵
老　　　罵
師　　　罵
罵　　　罵
罵罵罵罵罵

下課走廊奔跑
撞　到　人
同學一直跌倒
哇　哇　叫
通通走廊罰站
唉
真的好想下課
噹　噹　又
噹　噹　要
噹　噹　上課了……
噹

一 葉宇捷　10 歲

彩虹

紅筆是鮮豔的玫瑰
綠筆是寬闊的熱帶林
藍筆是無邊無際的海洋
立可白是四處流浪的雲朵
黑筆獨自坐在角落畫著烏雲
黃筆趕緊畫一顆太陽感化黑筆
於是我有了一道獨一無二的彩虹

一 賴雨琪　10 歲

女人

頭髮留太長
長髮更有女人味
眼睛大一點才迷人
化這麼濃的妝給誰看
素顏都不能看
整形
怪

身材再好一點
就只有身材能看
看就知道是專業花瓶
衣服不要太暴露
腰可以再細些
不要露肚子
有生理假真好
就是要傳宗接代
裙子太短了

勤儉持家，照顧先生和小孩

溫柔婉約，侍奉公公和婆婆

不要老是往外跑
腿要修長才好看

怎麼老是待在家
快找個有錢人嫁

一 潘品彤　13 歲

漁與魚的距離

漁漁漁漁漁
漁漁漁漁漁
漁漁漁漁漁漁漁漁漁漁漁漁漁漁漁
漁漁漁漁漁漁漁漁漁漁漁漁漁漁
漁漁漁漁漁漁漁漁漁漁漁漁漁

水水水水水水水水水水水水水水水水水水水水水水

魚魚魚魚魚魚魚魚魚魚魚魚魚魚魚魚魚魚魚魚
魚魚魚魚魚魚魚魚魚魚魚魚魚魚魚魚魚魚魚魚

— 楊祐綸　12 歲

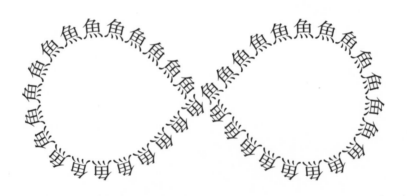

雨後的道路

乘陽光路

一 李沂庭　11 歲

時鐘

不分晝夜馬不停蹄繞著圈轉

人人都聽我的指揮

— 黃可媗　11 歲

慾望

滅滅滅滅滅滅滅滅

滅滅滅滅滅滅滅滅

滅滅滅滅滅

滅滅滅滅滅滅滅

淹淹淹淹淹淹淹

海海海海海

河河河

水

一 謝昀辰　11 歲

筆芯

筆筆筆筆筆筆筆筆筆筆

斷掉

啪！

又斷了

啪！

我的想法也斷了

— 洪琮皓　10 歲

考試

考考考考考考考考考考考考考考考考考考考考

烤烤烤烤烤烤烤烤烤烤烤烤烤烤
火火火火火

— 莊維治　10 歲

亮孩群（依姓氏筆畫排序）

王　玧	王崧羽	王亭皓
朱彥臻	李　卅	李柏澈
李之妍	李沂庭	李祐禎
吳香宜	吳宥杰	余武洲
杜昕嫚	何傳一	呂翊帆
林家寬	洪琮皓	洪珮瑜
范綱晏	范瑀芯	侯皇羽
高婧玟	陳昕筠	陳妍潔
陳顗聿	莊品絜	莊維治
張莉立	許書毓	黃上恩
黃可媗	童翌青	傅崇恩
楊喬羽	楊祐綸	楊軒名
葉宇捷	蔡昀希	潘品彤
劉子于	蕭詠恩	賴雨琪
謝昀辰	謝佾芳	

詩星 04

字遊世界

作者　亮孩
總編輯　陳品誼、彭瑜亮
編輯　洪士鈞、鄭雅婷
行銷企劃　莊婷婷
出版行政　林子又
設計　宋柏諺
手寫字　巫婉寧
出版　亮語文創教育有限公司
地址　302 新竹縣竹北市光明六路 251 號 4 樓
電話　03-558-5675
電子信箱　shininglife@shininglife.com.tw
印刷　漾格科技股份有限公司
總經銷　大和書報圖書股份有限公司

初版一刷　2023 年 12 月
定價　380 元
書號　AB009
ISBN　978-626-96425-4-0

國家圖書館出版品預行編目 (CIP) 資料

字遊世界 / 亮孩　著．初版
新竹縣竹北市．亮語文創教育有限公司
2023.12 / 128 面；17x17 公分（詩星 04）
ISBN：978-626-96425-4-0（精裝）
863.51　　112020498